AF234412

ÉPÎTRE

A

PAUL PREMIER.

PAR *V. CAMPAGNE.*

Si l'homme est créé libre, il doit se gouverner :
Si l'homme a des Tyrans, il les doit détrôner.

VOLTAIRE, (3ᵉ *Discours sur l'Homme.*)

A PARIS,

Chez DEBRAY, Libraire, galerie de bois, Palais-Egalité.

AN VIII DE LA RÉPUBLIQUE.

AVIS.

J'AI dit la vérité, à une époque où la France n'étoit pas digne de l'entendre. Quoi! une Satyre de huit cents vers, qui contenoit les principes les plus profonds sur les mœurs, a été étouffée, sous prétexte qu'elle renfermoit une vingtaine d'hémistiches foibles! (1) Nos arrangeurs de mots ont fait la guerre à quelques termes, et ont oublié de parler du plan et des idées. Ah! sans doute, si j'eusse donné cet ouvrage sous le nom de *la Harpe*, de *Delille*, etc. etc. etc. les gens superficiels et irréfléchis se seroient écrié, sans examen : » Quel chef-d'œuvre ! « Ainsi, la prévention préside seule à tous les jugemens des demi-connoisseurs et des Midas de notre fameuse Capitale ! ainsi l'espèce incorrigible et nombreuse des sots, prend sans cesse des noms pour objets de son idolâtrie, et s'embarrasse peu des idées ! Comment, d'après cet abus, hazarder de publier un ouvrage ? comment se donner même la

---

(1) Et j'ose dire, cinq cents vers d'une force majeure, on a vu s'écrier: » Quelle ridicule vanité! « Mais je méprise les clabaudages de l'envie ; qu'on me lise, et qu'on me juge. Si c'est une vérité, qu'importe qu'elle sorte de ma bouche ?

(3)

peine de le composer, quand d'avance on sait que la prévention, enracinée chez les automates humains, présidera seule à leurs jugemens? Ce motif ne doit-il pas arrêter la plume de l'Ecrivain le plus déterminé? Je ne suis ni intriguant, ni membre de ces Sociétés qui vont prônant d'avance dans tous les re-coins de Paris, un ouvrage médiocre : j'ignore les ressorts mis en usage pour se ménager une réputation, sans avoir rien produit : étranger à cet art, le désir d'être utile, et non d'être fameux, m'a toujours guidé dans mes compositions; mais assurément je ne serois pas rentré dans l'arène, je ne me serois pas remis en concurrence avec des rivaux aussi méprisables par leur petite envie, leurs petites haînes, que mes Confrères les rimeurs, sans les dangers de la Patrie. J'ai pensé que ces dangers commandoient d'une manière impérieuse aux citoyens de toutes les classes, au Guerrier, à l'Orateur, au Poëte, et qu'ils appelloient les efforts de chacun d'eux en particulier : ce motif puissant a donc vaincu ma répugnance.

Au milieu du choc violent des opinions différentes, j'ai examiné la vérité de sang-froid, et je l'ai exposée dans cette Epitre. Mais je répète encore aux hommes de tous les partis, que sans mœurs, les meilleurs systêmes politiques sont infructueux ; que l'ordre social, de quelque dénomination dont il se décore, sera toujours livré à l'intrigue et à la rapine, tant que la moralité et la vertu n'en seront point les

fondemens. Il y a mieux ; les principes les plus bi-
zarres et les plus déraisonnables, pourront rendre le
peuple heureux, quand ils règneront avec les mœurs.
Les maux du corps politique (2) résultent toujours
de la corruption. Publicistes de la Terre, pénétrez-
vous enfin de cette grande vérité !

---

(2) On ne peut disconvenir cependant que le Gouver-
nement Républicain ne tende sans cesse à épurer les mœurs,
et le Despotique à les corrompre. Par cela seul, le premier
l'emporte de beaucoup sur le second.

ÉPITRE

A

PAUL Ier.

PAUL, quelle est ta démence ? Au sein de l'Italie,
Sauwarow , harcelant notre armée affoiblie ,
Ivre d'un fol orgueil, déja de toutes parts ,
Croit des Républicains asservir les remparts.
Quoi ! les enfans grossiers de ton peuple sauvage ,
Pliroient l'Europe instruite, au joug de l'esclavage !
Et sur nos bords sanglans, sur nos champs ravagés ,
Rameneroient encor la nuit des préjugés !
  Ah ! si l'aspect subit de tes monstres serviles ,
A pu quelques instans étonner nos Achyles ,
Sois moins présomptueux, Paul....vois nos régions
Enfanter à l'envi de fières légions :
Dès le premier signal , tous nos champs patriotes ,
Préparant l'infamie et la mort aux despotes ,
Seront de jeunes Mars au même instant couverts ;
Le Peuple se réveille au bruit de ses revers.
Tremble de son courroux , du héros (*a*) qui le guide ;
Il réprime déja ton audace homicide.
Que tes soldats , l'effroi des climats policés ,
Viennent, à son aspect, gravir les rocs glacés
Où s'assied Briançon , où l'aigle au vol sublime ,

A 3

Du Genèvre orgueilleux n'ose toucher la cîme (*b*) ;
Où pour mieux arrêter les hordes d'un tyran ,
La nature alliée au grand art de Vauban ,
Se hérisse de glace et de forts redoutables.
Semblables aux géans , colosses effroyables,
Qui tentèrent jadis d'escalader les cieux ,
Dont la foudre brisa les fronts audacieux ;
De même tes soldats, vil rebut de la terre ,
Terrassés, palpitans, sous les coups du tonnerre ,
De la cîme des monts rouleront foudroyés.

    Paul, en nous envoyant tes brigands soudoyés ,
Pensois-tu, qu'ils pourroient, forts de leur barbarie ,
Braver impunément l'habile artillerie
Qu'avec un art profond dirigent les Français ,
Et qui, sous Gribeauval, (*c*) savante en ses essais ,
Fit d'un triomphe sûr trente ans l'apprentissage ?
Du Pô même aujourd'hui viens tenter le passage ,
Afin que les débris de tes lourds bataillons
De l'aride Italie engraissent les sillons.
Despote , j'en conviens, l'entreprise , l'attaque
Du froid Sibérien , du farouche Cosaque ,
Peut exciter le trouble en de lâches esprits
Par les agents des Rois indignement surpris ;
Mais le Français instruit , mais le cœur intrépide ,
Que la Patrie enflâme , et que la raison guide ,
Repousse avec dédain une indigne terreur.
Si le Turban frissonne aux cris de ta fureur ,
Si l'absurde Croissant redoute encor les armes ,
Le reste de l'Europe , étranger aux allarmes ,
Sait que ton ignorance et ta stupidité
Le mettent à l'abri de ta férocité ;

Et qu'il n'a pas d'enfant, industrieux et brave,
Qui ne puisse aisément accabler ton esclave.

Mais, Paul, je vois ton but: te laissant décevoir,
Sur nos dissensions tu fondes ton espoir.
Connois mieux les Français. L'ardent patriotisme
Les réunira tous contre le despotisme.
Prêts à subir le joug, divisés sur des mots,
Les partis ne feront qu'un parti de héros.
Impatient du frein, quel que soit son génie,
Le Français s'armera contre la tyrannie.
Faut-il courber nos fronts sous un joug abhorré,
Parce qu'on vit notre or tout-à-coup dévoré,
Et que d'un peuple roi, les agens hypocrites,
Du pouvoir légitime (d) ont franchi les limites,
Ont violé ses droits, comprimé la raison,
Ont fait gémir enfin l'innocence en prison ? (e)
Le Peuple a-t-il besoin qu'un monarque réprime
Dans ses murs affranchis, et la fraude et le crime ?
Auroit-il donc recours aux despotes armés,
Pour frapper de nos bords les vautours affamés ?
Non : qu'il use un instant de son terrible empire,
Qu'il s'éveille, se montre, et le forfait expire (1).

------

(1) Ces vers et ceux qui précèdent, ont été composés pendant le règne du Triumvirat, que l'énergie des deux Conseils vient de terrasser. Ainsi ils ne peuvent regarder les Directeurs actuels. Il en est un sur-tout, qui, par la profondeur de ses idées, son travail constant, a jetté en France les premiers fondemens du pouvoir représentatif, et réussi à en faire adopter les maximes. Quels sont les hommes nouveaux qui calomnient ce génie supérieur ? Quels titres ont-ils à opposer aux siens ? Des grands mots,

Il mit en poudre un trône , où siégeoient deux mille ans ,
Et ne peut châtier ses perfides agens ?
Te l'es-tu figuré, trop aveugle monarque ?
Quant à ce parti lâche , orgueilleux de la marque
Que la chaîne des Rois imprima sur ton front ,
Honteux et pâle, il touche à son dernier affront.

   Supposons, toutefois, qu'un parti favorise
Ton illustre attentat , ta féroce entreprise ;
Que tes soldats vainqueurs de nos soldats surpris ,
Te mènent triomphant jusqu'aux murs de Paris;
Et sur les bords sanglans de la Seine et du Rhône
Que ta main formidable élève encor le trône :
Crois-tu que sous le joug , esclaves abattus ,
Les Français généreux manqueront de Brutus ?
Opprimés, aussi-tôt leur vertu va renaître ;
Un peuple qui, dix ans, vécut exempt de maître,
Pour abattre un tyran aura mille poignards ;
Ses Rois seront frappés même sous tes regards.
N'en doute pas, tyran. Cette double colonne
Qui chez nous , autrefois , étayoit la couronne ,
Le fanatisme impur, souillé de noirs forfaits ,
Le fantôme du nom, sont bannis à jamais !
Ces prestiges, enfans de la horde sauvage ,
Qui, soudain, réduisit la Gaule en esclavage ,

---

des idées communes (*), mille fois débattues et victorieuse-
ment réfutées, des dénonciations vagues, où la mauvaise foi
frappe les yeux des moins clairvoyans. Pas une idée saine,
pas un fait même vraisemblable. A côté de l'édifice de la
Société, établi sur les principes du droit naturel et civil ,
que veulent-ils placer ? Des ruines.

   (*) La démagogie extrême est un coup de massue pour toute espèce d'association politique.

Ne pouvoient résister au jour de la raison ;
La nuit, devant cet astre, a fui de l'horison.
Tous ces songes brillans, que l'erreur déifie,
Pâlirent à l'aspect de la philosophie.
C'en est fait : dis-moi donc, quels seroient en ce tems (*f*)
Du colosse royal les supports éclatans ?
  Tu voudrois, je le vois, fier de ta politique,
Fonder en nos climats le pouvoir despotique.
Mais ce pouvoir absurde, impie et dégradé,
Sur quel appui solide, ô Paul, est-il fondé ?
Sa force est, en tous lieux, l'appareil militaire.
Vois quel soutien fragile, et souffres qu'on t'éclaire.
Le soldat, en aveugle, à ton ordre obéit ;
Mais dans les grands revers, c'est lui qui te trahit.
Oui, ce même soldat, aujourd'hui ton esclave,
Sera demain l'agent d'un chef actif et brave,
Qui, sachant diriger son courroux forcené,
Plongera dans la nuit ton front découronné.
Combien, nous effrayant par leurs chûtes célèbres,
Ont passé, de l'éclat, dans le sein des ténèbres !
Le trône d'un despote, issu même des Dieux,
Appartiendra toujours au plus audacieux.
  Ce principe à tes yeux est-il une chimère ?
Songe, pour t'en convaincre, à ton illustre mère.
Elle fut un grand homme.... (*g*) et ses heureuses mains,
Ont d'un prince imbécille affranchi les humains.
L'Univers à grands cris invoque ton épouse (*h*) :
Puisse de Catherine, idolâtre et jalouse,
Son âme l'élever au nombre des héros,
Et du monde surpris assurer le repos !
Que dis-je ? tes soldats, imbécilles ministres,

De ton ambition, de tes ordres sinistres ,
Avec nos habitans, épars de tous côtés ,
Epris et de nos arts et de nos libertés ,
Auront bientôt puisé les principes sublimes
Qui menacent les Rois et creusent leurs abîmes.
Tu les rappelleras ; mais il sera trop tard ;
La Liberté vivra sous ton propre étendard ;
Et portant la lumière en tes vastes contrées ,
Brisera de leurs fils les chaînes abhorrées.

    Peut-être que tu crois, maître de l'Univers ,
Proclamant en tous lieux nos illustres revers ,
Pouvoir dans sa naissance étouffer la pensée ,
Anéantir les Arts d'une main insensée ,
Détruire du savoir les heureux monumens ,
Et frapper la raison jusqu'en ses fondemens :
Mais pour être vainqueur de ta noire furie ,
Le génie armera l'active Imprimerie
Répandue aux deux bouts de l'Univers savant.
Contre toi la sagesse, alors se soulevant ,
Viendra te présenter encor les droits de l'homme.
Tu frémis à ces mots !.... Pétersbourg, Vienne et Rome,
Tes sujets, tes amis, tes nombreux alliés ,
Se souviendront toujours qu'ils furent publiés.
Malgré l'espoir flatteur dont ton orgueil s'enivre ,
Ces droits bravent ta rage ; ils sauront lui survivre.
Connois-tu l'inconstance ordinaire aux mortels ?
Ceux qui te dressent même aujourd'hui des autels ,
Et qu'à ton char sanglant les préjugés attelent ,
Qui veulent ton triomphe , à haute voix l'appelent ;
Fatigués les premiers d'être à ton joug soumis ,
Deviendront avant peu tes plus fiers ennemis.

Chacun d'eux, aujourd'hui, compte sur tes largesses,
Et son âme sourit aux flatteuses promesses
Dont le berce en secret sa trop crédule erreur.
Mais qu'il se lève enfin le jour de ta fureur,
Tu verras cette troupe alors désabusée,
Murmurer de nouveau, sous ton règne écrasée.
Enlevée aux faveurs qu'elle attendoit de toi,
A peine respirant sous la verge d'un Roi,
Elle va dans la nuit rappeller la tempête,
Soulever des mutins et marcher à leur tête.
Hélas ! n'as-tu pas vu ces funestes esprits,
De tumulte sans cesse et de désordre épris,
Quand du sang innocent la France étoit fumante,
Grossir des assassins la foule délirante,
Du démagogue impur applaudir les forfaits,
Ravager nos climats et briser nos palais ?
Ces mêmes scélérats, forcenés patriotes,
Sont pourtant aujourd'hui les soutiens des despotes (1).
Provocateurs du trouble, amis des nouveautés,
Ils ont souflé la guerre en nos champs dévastés ;
Nos maux , enfin , nos maux, ô comble de l'outrage !
Dont ils osent gémir, sont leur affreux ouvrage.
Bientôt ces furieux vont , tu n'en peux douter ,
Déchaîner le torrent que tu veux arrêter.
Crains au sein de Lutèce un revers de fortune ;
Un Mirabeau t'attend peut-être à la Tribune.
Crains son nom, sa mémoire, et son ombre en courroux ;
Cette ombre généreuse erre encor parmi nous.
   Oui, Paul, ta guerre affreuse à la philosophie,
Loin de l'anéantir, l'accroît, la fortifie.
Plus ta puissance veut arrêter son essor ,
Plus il sera terrible......Elle sommeille encor

En Autriche, en Pologne et même en Angleterre ;
Mais elle va saisir les sceptres de la terre.
Contre Pitt inquiet , vois l'altière Albion (*k*)
La première arborer son libre pavillon ;
En courroux de se voir sous le joug avilie ,
Au monde elle saura signaler ta folie.
Vois-la, cessant d'aider ton orgueil désastreux,
Animer ses voisins et s'unir avec eux.
Vois la Pologne en feu, l'Allemagne éperdue ,
De tes vastes déserts embrâser l'étendue.
Vois l'édifice antique , ouvrage des Danois (*l*) ,
S'écrouler tout-à-coup au seul aspect des Lois.
Vois le Peuple éclairé, couvert du diadême ,
Des volontés d'un maître abolir le systême.
La raison lutte encor contre le préjugé ,
Mais ce procès inepte enfin sera jugé ,
Loin des yeux d'une race inconstante, égarée ,
Par les nouveaux enfans de l'Europe éclairée.
Redoute, en étayant les trônes en débris ,
Et la ligue du monde , et le poids du mépris*

    Tu veux de tes Etats éloigner l'incendie ,
Diras-tu : selon toi , notre France hardie ,
Tumultueuse, altière , et féconde en complots ,
Chez toi, des factions pourroit vomir les flots :
Reviens de ton erreur : rappelle ton armée ;
Et pour rendre le calme à ton ame allarmée ,
Qui cherche à repousser nos principes vainqueurs ,
Paul , affranchis la glèbe , et captive les cœurs.

F I N.

NOTES.

(*a*) (Moreau). Cette Epître a été commencée à l'époque de sa savante retraite. D'autres objets dont j'ai été occupé, en ont retardé la publication.

(*b*) (Du Genèvre orgueilleux). Montagne à deux lieues de Briançon, où la Durance et le Pô prennent leur source. On y voyoit autrefois cette inscription :

» Adieu, ma sœur la Durance :
» Je vais enrichir l'Italie ,
» Tu vas ravager la France ».

Ces vers ne sont pas fidèles à la règle ; mais ils le sont à la vérité. Un poëte du haut Dauphiné n'est pas obligé à la même exactitude qu'un membre de l'Institut.

(*c*) (Gribeauval) un des chefs les plus habiles qu'ait eus l'artillerie. Rolin, son sécretaire général , n'a pas cessé de la diriger, depuis la mort de ce chef expérimenté.

(*d*) (Pouvoir légitime). Un pouvoir légitime est celui que le peuple a consenti; la raison n'en connoît pas d'autre. En vain voudra-t-on ensevelir le pouvoir représentatif ; les principes triompheront toujours des cabales impuissantes de l'intérêt liguée avec l'ignorance.

(*e*) (L'innocence en prison). Un très-grand nombre de patriotes ont été plongés dans des cachots sous l'ancien Triumvirat. On me dispensera de présenter ici la liste de leurs noms ; elle tiendroit trop de pages.

(*f*) (Quel seroit en ce temps , etc. etc.) A l'époque de la destruction de la noblesse et du clergé , les fondemens du trône ont été brisés. C'est ce que tous les bons esprits ont senti alors. Aussi l'ouvrage de l'Assemblée Constituante étoit un mélange d'élémens incohérens, une chartre aussi ridicule qu'impolitique. Le Président de Montesquieu, cet homme de génie, en avoit fait le procès d'avance. Il est à présumer que les moteurs de la Révolution, en mettant en avant ce fantôme moitié royal et moitié démocratique, avoient la République en idée, et vouloient y conduire par dégré le Peuple Français.

(*g*) (Elle fut un grand homme) :

» *Qui penses en grand homme et qui permets qu'on pense* «. Voilà ce que Voltaire disoit de Catherine : Et plus bas :

» *C'est du Nord aujourd'hui que nous vient la lumière*». Quelle opinion Voltaire, qui adressa l'épitre la plus philosophique à la Souveraine du nord, auroit-il, s'il vivoit, de son héritier? Ne le rangeroit-il pas au-dessous de Mustapha ?

(*h*) (Invoque ton épouse). Je suis loin d'avoir l'intention de provoquer l'assassinat, même contre un despote ; mais je pense que pour le bien de son pays et du monde, il seroit à souhaiter que Paul premier finît ses jours aux Petites-Maisons.

(*i*) (Sont pourtant les soutiens des despotes). Cette vérité est incontestable. Le troupeau imbécille des hommes, passe toujours les bornes de la raison, et ne se plaît que dans les extrêmes. Tels vous auroient mis à la lanterne, il y a dix ans, en l'honneur de la démagogie (*) la plus délirante, vous pendroient aujourd'hui en l'honneur du dieu

---

(*) Les chefs démagogiques cherchent encore en ce moment à remuer les masses; mais leurs efforts seront impuissans, parce que leurs grands mots, leur exagération, leurs figures et leur costume hideux, sont usés ; il faut du neuf au peuple ; sans cela les ambitieux font mal leurs affaires près de lui.

de Bethléem (*) et de Saint-Crépin. Imaginez quelque nou-
velle bêtise, il l'adoptera avec fureur ; toujours prêt à
troubler l'ordre de la Société, dont il est l'éternel ennemi.

(*k*) (Vois l'altière Albion). Les opérations inconsidérées
de Pitt finiront par entraîner la Grande-Bretagne dans une
insurrection générale. C'est un évènement que j'ose prédire
d'avance, et que l'évènement justifiera avant peu.

(*l*) (Ouvrage des Danois). Sous ce nom générique, j'en-
tends tous les peuples qui, semblables à un torrent dévasta-
teur, ont sorti du fond du Nord pour inonder le reste de
l'Europe dans les premiers siècles de l'Ere Chrétienne.
Presque tous les historiens s'accordent à dire que ces peuples sortoient du Dannemark et des contrées environnantes.
Il est à présumer que beaucoup s'élançoient de cette même
Russie qui vomit de nouvelles hordes barbares aujourd'hui
contre nous.

(*) On me dira que le Dieu de Bethléem est un peu vieux ; j'en
conviens : mais le peuple n'attend qu'un nouveau faiseur de mira-
cles et un adroit fabricateur de mystères, pour courir après lui.